김철기 시집

실타래촌

한누리미디어

김철기 시집

실타래촌

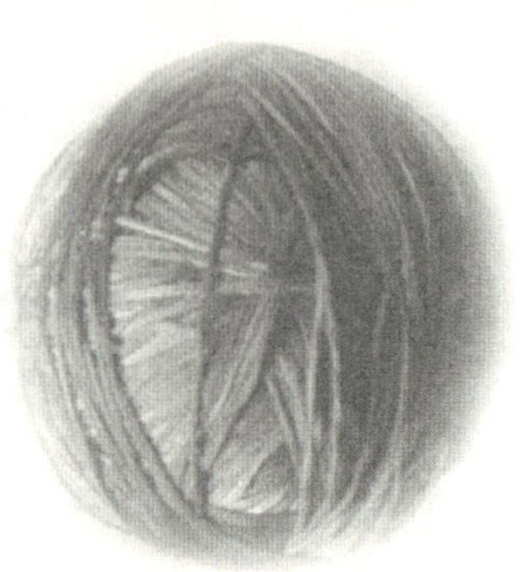

《실타래 촌》을 펴내면서

　우리 사는 세상사,

　굵거나 가늘거나 한 사연을 저마다의 부피로 엮어 가는 실타래이지 싶다.

　태어나면서부터 한 올 한 올 낱실에서 서로 몸과 몸을 기대고 일정한 엮임으로 늘려가며 공생의 면역을 마련하는 게 아니겠는가.

　生老病死 즉, 생면과 이별의 과정에서 수천 수만 종의 業 가운데 얼기설기 인연 지으며 가능하면 거친 매듭에 엉켜 잘리우지 않고 매끄러운 실타래 촌을 이루려는―.

　詩에 있어서임에랴.

　매번 땀 흘려 영혼의 고치를 켜고 뽑아내는 실일지라도 짜임이나 결이 보다 새롭고 생명력이 깃든 윤기 도는 작품이길 바라는 희망이 어찌 없으리.

　닷새 삼베마냥 성글 수도 있고 옥양목, 광목 또는 인조나 비단 필로 직조될지 모를 나름의 몸에 밴 실 나르기인 詩作業은 이미 내 삶에 있어 숨쉬기일 뿐이다.

　때로 우리 저변에 시를 읽는 인 총이 얼마나 될까 하는

심한 호흡곤란 증세에 시달림은 피하지 못할 일이기도 하
지만.
　어떠한 경로로든 내 시를 만나는 독자가 있다면, 자신의
구원을 위해서만 쓰는 시가 아니라 작게라도 시인의 몫을
하는 기쁨에 들고 싶다.
　그저 꾸준히 내 안팎의 실타래를 정성으로 손질할 따름이
다.

2004년 11월

성주산이 보이는 松內 書室에서
栗園 金 哲 起 삼가

· · · 차 례 · · ·

제1부 실타래 촌

제2부 고독을 축하함

· · · 차 례 · · ·

제3부 눈 한 번 질끈 감으면

. . . 차 례 . . .

제4부 그 처음의 색깔

. . . 차 례 . . .

제5부 새 밭으로 일구어

··· 차 례 ···

제6부 그래도 사랑 뿐

제1부 실타래 촌

실타래 촌村 · 1

―숙명

줄지어 겹쳐 서고
흐늘거리는 기력을 비비대며
포시시 보푸라기 이는 농성에
줄 엇바뀌기도 하네

때론 타인의 손에서
어깨춤을 추고
빛깔 곱고 향내 짙은 물감에
신열의 부피를 담그는가

제풀에 고개 처박고
빙글빙글 거꾸로 돌다
통로와 멀어진 동굴의 가장자리에서
바람 깃에 외줄기 몸 추스르나

얽히고 설킨 노래 꾸러밀 놓았다 들어 올렸다
속 비듬 실밥 먼지로 털어내며
기왕의 시간여행 속 화두에
올올의 음색 어우러진 실타래 촌.

실타래 촌 · 2
—개성 또는 특성

검은 실타래가
숯 검둥이 머리칼 닮아
아예 검정인 제 색은 특색이고
베이지색 실더러
확실하게 희던가 노랗던가
묻은 때 덜 닦은 얼굴빛이라나
열정의 빨간 실이
제 목 줄기 한 번 쓸어 보는데
곁의 회색 실타래 발끈 덤빌 태세구나
남색 주황 연두 꽃 분홍 색실 부락
실마다 불끈 불끈
성깔 내고 편먹기하고
실타래 촌 색실 부락은
시작과 끝이 맞물려
본래의 곱디고움 실종해 가나 보다.

실타래 촌 · 3
―살다 보면

한 때는
목화송이에서 갓 꺼낸
순백하고 보드랍던
솜털 심성이었던가
시간을 앓으면서
느슨하게
점점 되게 꼬이는
실오라기로
고만고만한 사연을
타래 지으며
질기게 연명하였지
이제서야
둥글리고 직립하는 운동쯤이거나
물들고 바래는 빛살의 체감이거나
꼬인 심중도 족히 유연할 수 있어
따스운 왕국
실타래 촌인 것을.

실타래 촌 · 4
―제몫하기

곧게 뻗은 삶의 트랙
고속도로 방호벽도
때로 구원일 수 없는 이탈로
구겨진 실타래의 검은 상흔
그 위로
새 날을 질주하는 또 다른 용무들
실선을 다림질하며
역사의 끈을 잇는가
구슬을 꿰어야 하고
높이 띄울 연줄이 되어야 하고
낱실 가닥마다 꿈을 묶어
감기고 풀리며
현재는 단지
하늘 아래 요긴한 제 구실의
실타래 촌.

실타래 촌 · 5
―처음같이

아직도
너의 음성에 가슴 뛰고 설레일 줄 아는
나는
당기고 늦춘다는 관계의 법칙을 조절 못해
자주 눈물 흠뻑 젖는
모가지가 가느다란 실

한 코 한 코 뜨개질한
둘만의 세월 두께로란들
푸근할 법한 실타래이려니
우리
가지런한 꿈으로 마주 서
첫 음성에 물씬 사랑 배이던
순한 실타래 촌의
그 날에 머물러 살자.

실타래 촌 · 6
−옛날은 오늘 안에

각진 창에 비친
자투리 폭 좁은 산
북실 북실 아카시아 꽃 자락이

기억 희미한 어린 날
국수틀 집 걸이에
하얗게 걸렸던 국수 발인가

어느 틈에 그 시절 말간 냇물
어머니 손에 찰랑찰랑 헹구어진 삼단이네

시집 올 때
실패 가득 감아주던 실타래네
첫돌 아기 목에 둘러준 두툼한 실 목걸이네

타임머신을 탄 꽃 타래, 실타래 촌.

실타래 촌·7

─황혼

수를 놓으러
해진 것 기우러
실올마다 분주한
일상의 부름에 내닫는데
바라보기만으론 길기만 한 시간을 겉도는
실 나부랭이의 김 서린 하늘에
그다지 알 바 있어 할 리 없는 눈짓 손짓으로
어언 산마루께로부터 시나브로
게걸음치는
노을은 또 흐르는가.

실타래 촌 · 8
―가는 이 남는 이

타고난 수명대로
다하고 떠남이 맞는지
앞서거니 뒤서거니
소생의 계절에도
사그는 순번은 예고 없이
역행의 길을 뜨는구나
어떨 땐
거기 그 자리에 있었다는 이유의 덫에
또는
순간의 오작동으로 갈라진
이승의 아슬한 정점에 남아
매듭 한 번 질끈 매고
짧아진 길이를 잇대이며
상생의 깃을 곤두세우리.

실타래 촌 · 9

−희망 메시지

초록의 비단 실타래
풀어 놓았구나
모낸 논배미마다

가을에 펼칠
야무진 황금 실타래 공연의 서곡을
기립 박수로 자축하며

씨줄 날줄 고르게
한껏 어우러져 춤도 추는
초록의 실타래 촌이구나.

실타래 촌 · 10

—디지털 우주

죽은 듯
안으로는 무서운 전류 흘려
빛을 잇고
소리를 잇는
검은 실타래를 이고

지도책 속
축소된 실선을 따라
남도로 혹은 북도로
평야 해안 또는
짧은 지하철 구간이거나
KTX(고속철) 힘주어 딛고

겉 봐선 다 모를
빛만큼 빠르게
우주를 오가는가
소리만큼 분명하다가
이내 사그러들기도 하는가
잰 걸음의 이 시대
실타래 촌의 치열한 목숨들.

실타래 촌 · 11

― 역사는 이어지고

예전엔 어머니 손에서
가는 바늘귀에 꿰어지기만 하면
기계로 박은 듯
아버지 바깥 출입 두루마기라도
날렵하게 지어져 태어났지

나 시집오던 반짇고리 속
곱게 깎은 목木 실패엔
가는 실 굵은 실 고르게 감아
시침 실 박음 실 쓰일 때를 일러주심도 모자라
첫아기 기저귀감 마름질하여
가장자리도 단아하게 감쳐 주셨다

아흔이 되신 지금
혼인하는 외손녀
커튼이며 방석이며 실 쓸 일 없으련만
실타래 손질할 기력 없다 끌탕하시더니
손끝도 야물게
금사 은사 풀어 복 주머니 지으셨네

세대를 내림하는 귀하디 귀한 실타래 촌의 이음새여.

제2부 고독을 축하함

고독을 축하함

저만치 시선 끝으로부터
한 층 한 층 내려딛던 어둠이
거실 창틀쯤에 와 머뭇거리며
나직한 안락의자에 묻힌
어깨를 지그시 누른다

주변의 생활 음들은
일제히 청각을 비켜 갔는가
고즈넉한 속에
덩그러니 혼자 된 채
익히 경험해 봄직한 느낌의 재현이다

울컥하기도 하고
짠하고
참을 만큼 아릿한
약간은 화려한 날개를 너풀거려 주는
현재의 내 고독을 축하함.

고열

귓볼
눈자위 할 것 없이
불긋불긋 단풍드는가
뜨겁거든
뜨겁기나 하지
상강霜降에
냉수 맞은 듯
닭살에
위 아랫니 떡떡 마주치는데
졸음도 아닌 것에 홀려
깜박 깜박 혼줄 놓치겠네

오늘이 몇 월 몇 일?
지금 몇 시쯤…?

모전 여전

샴푸를 하고
젖은 머릴 빗다가
놀랍게도 언제 적의
어머닐 보았는데
딸애 혼례 사진첩 속
장소 따라
색다르게 드레스를 입었거나
한삼에 족두리 쓰고 폐백을 드릴 때나
당의 갈아입고 새초롬히 앉았어도
얼핏 설핏
내가 나를 보는 착각이라니
외모뿐이랴
무심히 스쳐 지낸
역력한 닮은 꼴
모전母傳 여전女傳의 가슴 저림이여!

뭐가 좀 보이네

시력이
O(영) ，(콤마)로 차츰 낮게
사물은
웨딩 면사포 속 신부 얼굴쯤으로 뵈던가
돋보기 렌즈 살짝 덧낀지도 몇 해 된
지금 와서야 겨우
뭐가 좀 보이네
지나간 많기도 한 시간 내
어렴풋하여
비뚤거나 헛 짚고 남발하던
사랑까지도.

불꿈

내 꿈 중에
꽤 빈도 잦은 불 꿈
산모퉁이에서 불이다 하다가는
둘러친 온 산이 불 타 오르거나
유년에 본 듯한 집채가
연기도 없이
드맑은 불길이기도 했다

간밤엔
십자가모양
팔을 쫙 편 내 몸이
온통 눈부신 불꽃으로 타오르는데
뜨겁지도 않고
걷는지 나는지
기분 좋을 뿐이었다

잊은 채
바쁘게 일을 보다가 오후에
'빠른 등기' 하러 간 우체국 창구에서
문득 요금 계산대 전자판과
투명 아크릴 케이스 속 '복권' 빛깔이 동시에

불꿈을 상기시키며 클로즈업 되는 게 아닌가

순간 눈을 찡긋하고
"거스름돈은 복권으로 주세요."
말꼬리를 멋쩍게 내리며
주는 대로 재빨리 챙기고는
뛰다시피 나오는 내가
범상치 않은 불꿈의 효험에 두근대는가.

사고 흔적

갓길 선도 넘어
터무니없이 벼랑께로
진하게 굽어 그어진 사고 흔적
섬뜩한 자국 덧밟으며

기껏 제한 속도 한 번쯤 준수하여
각성함도 잠시
여전히 저마다의 속력으로 주행하는
동시대의 운전자들

더러는 피할 수도 있었을
과거 불행의 족적
줄곧 되풀이됨이
고속도로에서 뿐이겠는가

일터나
정치판이나
삶의 행로에 핸들 잡은 누군들
실책한 전철을 재범치만 않는다 해도

뒤 오는 이

마르지 않은 상흔 위로
따르게 하진 않으련만.

습관

오랜 습관으로
손에는 언제나
샤프나 연필류의 펜이 들려져 있다

머릿속으론
모국의 강산
내가 아는 사물들과
보이지 않는 영토까지
여러 차례 휘더듬고서도

그저 죄었다 풀었다
고쳐 잡기를
어느 땐
금金인들 못 캤으랴 싶을 만한
시간을 사른다.

시화전

감출 만큼 가리고
드러내고 싶은 만큼
깎고 다듬은
가슴 한 자락
바람과
새와
옥빛 이슬 방울
추녀 끝 햇살 옮겨
꽃틀 안에
어렵사리 가두고
더 활짝 꽃 피라 하네
더 짙게 꽃 냄새를 풍기라 하네.

오만

살이 아프고
뼈가 아프고
눈동자마저 굴리면
통증 자체인
어느 순간

예전 성할 때
준비해 본
작별인사 같은 건
숫제 저장도 안 된
허영의 빈 주머니

더 아프기 싫다
눈 감고
입 다물고
손 놓고
뭐든 내가 먼저 바란 바야
한 대도 내가 먼저 결행할 거야.

왼손잡이 훈련

원래부터 두뇌발달이 고르게
양 손 어느 쪽이건
엇비슷한 기능으로 타고났더라면
혹 이런 날을 예견하여
뼈 굳기 전에 준비시켰더라면

제 볼에 분첩 두들기는 일
자다가 베개 끌어당기는 일조차
어설프기만 한
뒤늦은 왼손잡이 훈련이라니

같은 지체중
더 부려먹어
통증으로 움직이지 못할 지경인
오른손의 수고를 이제야 알아채면서

우주를 살피고
이웃을 헤아리고
자연의 섭리를 숙고하는
어줍잖은 철학자의 경지에 드는가.

잎새 크는 소리

먼 산으로부터
전갈 받은 바람이
앳된 잎사귀마다
귀엣말을 속삭이면
푸르르 푸르르 뒤채이며
잎새 커지는 소리
햇살에 금빛으로 부딪쳐
달각달각 오월 속에 익어가네.

작고도 큰

엊그젠 초복初伏
오늘은 대서大暑
절기節氣 값을 단단히 하는 볕은
무쇠라도 녹여 낼 열도인데
모자로나
양산으로라도
가리지 않은 채
땡볕에 맞서 걸어내는
녹녹치 않은 생존의
열 절한 모습들에게
경이의 눈빛을 보내고 앉아
대열의 한 모퉁이에
단지 이만큼의 존재로 어엿하길
혼미한 머리 속 가다듬어 여망하는
작고도 큰 간곡함이네.

정리 정돈

목청 높이던 급훈이었던가
'정리 정돈을 잘하자'

그맘땐
책걸상이나 청소도구 잘 챙기면
주변 정리 정돈 으뜸이었으리

신경외과 통원하며
내 몸 가꾸고 추스르기조차 버거워 둘러보니
눈밭을 뛴 강아지 발자국 모양이다
하긴 반 백년을 넘게
언저리마다 늘어놓은 사물私物이렷다

이즘 종종
나들이 길의 추억 만들기 사진조차
정리 정돈 거리 늘리지 않겠다고 마다하는
흘려 들은 남의 말뜻이
제법 와 닿는가 싶다니.

춤도 시가 되는 날

'사유思惟의 방 잠금!'
'언어의 방문訪問도 사절!'

석 달 넘게 목 디스크에 따른 유독 오른팔의 통증으로
맘 내키지 않는 시업詩業을 휴가 낸 셈 잡고
초음파치료 견인치료 등
통증의학과니 물리치료실에 매달리느라
이삼년 겨우 익힌 댄스 스포츠마저 쉴 밖에

잊어먹은 '룸바' '쟈이브' 의 루틴을 더듬어 밟는
오랜만의 문화센터 벽면 거울 속
내 율동하는 선이 심란키조차 하구나

꼬이는 스텝은
자리 매김 못한 낱말들이 되어
오락가락 옮겨 갔다 처음으로 돌아왔다,
쓰고 지운 후질근한 초고지初稿紙일런가

손끝 발끝 고쳐 옮기고 멈추기를
숨결 모아 다가들고 떠밀기를
긴 휴가의 굳은 뼈마디를 추스르다 보니

어느 결에 혼신을 적시어 몸으로 쓰는 시로구나

연가를 두루마리짓는 라틴댄스
나긋나긋한 몸놀림에 열리는 시상
춤도 확연히 시가 되는 날이네.

치과에서

눈은 뜨고
입은 다문
당연한 안녕일 땐
제 홀로도 반듯한 폼새였으리

눈을 감고
입을 할 만큼 크게
아- 아 하노라면
연인에게인들
이토록 온전히
날 맡겨 보았으랴 싶다

더도 덜도 아닌
사람 인人자字의
쉬운 이치를
특유의 냄새와 소리 속에
뇌포의 끝 끝으로 터득한다 할까.

제3부 눈 한 번 질끈 감으면

눈 한 번 질끈 감으면

옳게 속내 몰라주기론
함께 10년을 살았을 때나
서른 해를 바라보거나
첨부터 마음보 구조가 달랐던 것인가

그렇거나
눈 한 번 질끈 감으면
산자락도 당겨 품어지는
바다 넓이의 가슴인들 내 못되랴만

뭉퉁그런 바둑판엔 부드러운 눈길 잘도 맞추고
흑백의 제자리 놓기도
흐트러짐 없이 깔끔한 성정인 걸 보면
곁의 여인만 허튼 세월 끓이나 싶다니까.

너 없는 자리

새벽녘 선잠 결에
쏴아 욕실 샤워기 물소리에
흠칫 상반신 일으켜 귀 세우니
방 가득 어슴프레한 고요뿐

나지막히 숨 몰아쉬고
다시 몸 뉘여 눈 붙이려니
분명 뽀얀 볼때기로 문안 드는 기척

또 헛들었나?

딸애는 신접살이 갔는데
새벽은 아직 덜 깨어
커튼 자락에 매달렸는데

거실로 서재로
따달따달 실내화 바삐 끄는 소리이려나
또독 또도독 컴퓨터 자판 두들기는 소리인가

미명의 집안 곳곳
너 없는 자리에
아침을 서두르는 너의 자취들 여실하구나.

무無에 빠진 시절

없을 무無가
있음보다 가득가득 하다 싶어
무작정 빠져들던 시절

무제無題가 그대로 제목이었고

무심이
무시로 마음을 울렁이어도
무변의 믿음이었다 할까

무한하거나
무의식이거나
무념念 무욕이거나
없음의 비굴함이 아닌
떳떳한 꿈이었기에
법 없이도 산다는 사람들 어울려도
무법천지가 아니었듯이

무형 무색 무취
많고 많은 없을 무에
좋아라 빠진 시절이었으리

없는 게 없다 할
있어 차고 넘친 이젠들
무량의 그리움 지워 없앨
그 무엇이 있는 줄은 알지 못하니
난 여태
무에 빠진 시절에서 헤적이는가.

헛된 기다림

그가 와 줄줄 알았어

늘상 바람을 가를 만한
두뇌 행진의 분망함이지만
잠시 한 번 쯤
방심의 바람벽에 일꾸러미 걸어 두고
퍼덕이는 새의 가벼워진 날개로
느긋이 전혀 심각치 않은
한 자락 무탈의 시간으로 잘라

이번만은 그럴 듯한 만남을 디자인할 줄 알았어.

유월에 명상하다

감잎이
진 녹색으로 무성해지면
다람쥐모양 기어올라
반공웅변대회 원고를 외웠다

줄줄 막힘 없이 욀 때까지
감나무 가지를 오르내려서
그 날이면 교정이 들썩거리도록
울분에 찬 어른들의 6·25를
울먹이며 외쳤던 어린 연사는
아슴프레 유월이 아팠다

스릴 있는 놀이터로 삼고 기어오르던
감나무 가지보다 낮은 층계마저
엘리베이터가 익숙해진
훌쩍 쉰을 넘긴
그맘때 연사의 유월이 푸르른가

닮은 줄 까맣게 몰랐던 남과 북의 사람들이
강물 흐르는 비슷한 소리결로
웃기도 하며

공동의 담소를 하는구나

이제 유월 하면 떠오르던
인 각 진한 기억을 문지르고
산 빛의 가슴을 열어 덧칠해 가며
함께 오르내릴 우리들의 빛깔로 빚어
온 영토와 산하를 물들이려나.

늦여름의 바닷가

무더위 한 철
모래알 휩쓰는
높낮은 파도에
엎치락거린 인파가
제자리 찾아 돌아간 뒤미처
태풍까지 한 차례 훑은
밤 바닷가를 맨발로 걸었다
모래 찜질에
살을 익혔을 열기는
차가운 기운으로 젖어 있고
그나마 여전한 해송海松
코 끝 시큰한 솔 냄새여
어느 시절에 와
이렇게 서 보거나
말로는 안 되는 찡함의 원천
그리움 그것이던가.

피서

입술 부르튼 지 며칠 째이고
불볕 염천 보기만 해도
금 빛 별(星)이 쏟아지는
현기증 놓칠세라
잡스런 절망의 악귀들이
탈진한 세포들마저 여지없이
때려 쓰러뜨릴 철이면
혼자 또는 집단으로
최면을 건 힘 겨루기로 이기려 해도
피서란
죽을 만큼으로 살아 내는 것뿐.

지난 여름

무지막지한 폭염과
입마다 불황이라
쓰게 뱉는 말
실감케 하는 흉보
연달아 가족동반 자살이
생활고 때문이라니
잠시 잠깐씩
먼 이웃나라로 원정 가서
따내는 메달사냥에
숨통 한 번 트이다가도
고 유가油價
대 실업난
역사 왜곡
단비가 아닌 호우……
몇 십 년 만에 초유의 아픈 자리매김으로
끝이 보이지 않아 보이는
나날이 기진한 염증, 염증!

하룻밤 사이

안간힘을 쓰던
열대야 긴 꼬리의
끝을 감는가

하룻밤 사이
마를 틈 없던
목덜미 땀 자욱 위로
확연히 바뀐
산뜻한 차림의 바람이라니

지치고 고단함이 극한한 중에
무언의 약속을 이행하는
무섭도록 철저한 시절의 공전이여
자못 모공이 조여드는구나

하룻밤 사이
모질게 모습 달리 하기도 하며
당장 코앞의 잇속 쟁취에
약은 저울질 급급한 영혼들
이 엄연한 순환의 이치를
속 깊이 명상해 볼 일이어라.

초가을 느낌

태풍과 해일이 스쳐가
뭉개진 재를 넘고
고르지도 못했을
강줄기며 벌판 건너
찬찬한 외숙外叔의
요란치도 않은 발걸음으로 오심이네
빈 손인 듯
해마다 같은 물 것들
호주머니마다 조용조용 꺼내어
놓을 자리 적절히 내려놓아
코끝 찡하게 후각을 건드림이네.

환절기에

햇살은 따가워 보이는데
냉수보다는
따뜻한 차 한 잔이
넉히 싫지 않은 시각에
열혈의 끝자락을
쉬 거두지 못하는
처서處暑를 지난 즈음의 내 연인을 본다
일몰이 가까울수록
자존심만 눈빛을 달구고
내일은 또
입쌀 알 반 잔둥이 만큼
짧아진 해를
고열의 체온앓이로 가쁜 숨
돌아서서 아닌 체 쉴 거나 싶다.

밝음

몇 번 이사도 했지만
그때마다 채광이 좋았던 터라
이 방 저 방
침대 위 책 더미 벽지를 타고
늘 볕이 놀아 주는
밝디 밝음 속에 활개쳤다

낯 씻다 빠진 속눈썹 한 올
성모상 발 밑
말린 꽃잎 속 결까지 비춰냄 쯤엔
기꺼이 길들여졌고

사는 집과 사람, 그려 본 화폭들도
투명하게 닮았단 말로 추커 주면 환했던
그 밝음이
이 아침엔 별안간 공포의 바늘 끝 세우는가

문병 차 걸려온 유선 전화기에 잡혀
무심히 둘러보다가
눈에 밟히는 먼지, 구석데기 숨은 먼지들로
엉덩이조차 털썩 못 놓도록 치받다니

티끌 하나 얼룩 한 자락
눈감아 주지 않는 밝음
흰 것은 더 희게 검은 것은 더 검게였음이
후련한 내 속인 줄만 알았지

근간에 손 뜬 주변 곧이곧대로
벗은 나 속수무책 드러내는 밝음은
온통 가슴 그늘 지우는 꾸짖음의 빛이네.

아기가 탔습니다

잎 떨굼을 재촉하는 비
밤새 어지간했나 본데
어느 고단한 아빠의 신발노릇에
나무 밑 모퉁이 잠 퍽 곤했던가
윈도우에 빗방울 수보다 많은
단풍잎 다닥다닥 천연색 꽃수레

진료 예약 시간 서두르는
내 차 앞을 비집고 디미네, 어쩌겠나
빨강 노랑 갈색 아기 손바닥
펼쳐 들고 반짝대며
"아기가 탔습니다"
"아기가 탔습니다" 하는데.

제4부 그 처음의 색깔

그 처음의 색깔

녹 진 촉촉한
햇 솔잎이나
개나리 진달래를 보면서

혹은 마당가
분꽃 나팔꽃 채송화 해바라기 도라지꽃
유달리 어머니가 좋아하신 맨드라미
그런 산꽃 들꽃 잎사귀들에서 본
단조롭고도 선명했던
그 처음의 색깔

더해야
물드는 감잎 사이 홍시 빛
주홍색 퍼지게 게워놓은 저녁 노을진
하늘자락 흐르던 냇물 물빛이었던가

도시 속 많고 많은 색깔을 익히는 한 가운데서
색으로 집 짓고 입고
색을 먹으며 사는 거
그저 예사롭게 길들고

순전히 일상이 텁텁하여
색깔의 나들목
단풍 한창인 옛 성터를 걸어 들었을 뿐인데
잊힌 게 아니었네
원초적 빨강 노랑 정말 초록인 초록색이데

색깔 지을 수 없는 가슴 빛 되고
시공을 아롱져 넘나드는 색 여울은
하늘 맴돌아 선연한 그 처음의
그 처음의 색깔.

그 저녁 샐비어(깨꽃)

면식 아리송한 어느 도예가의 업소인
고개 마루 한 곁 카페
흙 마당 주차 공간에 들어선 첫눈에 차오는
빨갛디빨간 샐비어 꽃 무리

불밭인가 싶던
한 시절 교정을 옮겨 놓았는가
외다 끊기다 샐비어에 얽힌 시詩 구부터
몇 식경을 꽃물 뭉개었나

다시 샐비어 꽃 줄 앞에 서니
별빛 배인 꽃 빛이
서걱서걱이는 가슴 상담하자던 벗의 눈빛일세
샐비어 꽃 물결
초심의 그 붉은 언어로 답을 듣나 보네.

꿈 속과 닮은 곳

몇 해 전이나
또 그 전이나
이 즈음도 가끔
꿈 속의 정경이
늘 같았던 사유를
확연히 알아냈다
유년 시절의
향리일 거라 짐작은 했지만
분명치 않았던 기억은
유년보다 더 훨씬 전
어딘가에 내재돼 있던
모태母胎 적 또는 서너 살의
가뭇한 환몽幻夢의 땅
그 마을이었던 것을.
아 너무도 똑같아라
부모님이 날 키우신 집
그리고 길
동산과 대숲과 서낭당 자리까지…
아마도 이후
그림으로 외워 그려낼 만큼 또렷하게
같은 꿈을 되풀이 꿀 거야.

나무에게 배운다

꽃 피우고
잎새 푸르르던 채
어찌 더 오래이고 싶지 않았으랴
목숨 지어준 철칙에 순명順命함이
때론 나약한 본성이라 얕잡아 보기도 한
나름으로 초반의
오기 찬 버티기이기도 했었지

숨 고르고 우회해 본 길 몫마다
사소한 맘 씀씀이부터
여적 해답이 모호한 생각의 뭉치들도
가끔 풀어놓고
피워낼 때의 수고로움 그대로
털어 내는 일마저 변칙 없는 애씀의 나무
나무에게 배운다.

단풍제

알게 모르게
얽인 인연설
가슴에 붉은 물들수록
안으론 못다 삭혀
울컥 울컥 쏟아 낸
토악질의 더운 숨은
다시 짙붉은 단풍으로 번지는가
이래저래
단풍 든 가슴들 불러모아 보자
먼 데로부터
범람해 오는 단풍에 다가서면
불꽃보다 불타는 단풍제이려니
한마당 벌겋게 타오르자
노을 사글고 잔열마저 소진하여
그림자조차 남지 않도록
붉게 뜨겁게 아우러져 태우자.

밤 호숫가에서

검은 풀빛
검은 물빛

어둠은 온통
빛깔을 지워낸다는 걸
가끔은
몰래 낄낄대며
공유함이 좋아라

뭐 그다지
눈 거슬린 빛깔이야 있을까만
파고들면
지워내고픈 색
왜 없으랴

낮밤 속에
사는 목숨
밝음과 어둠 또한
반, 반일 걸.

비 오는데

창이 뚝뚝 뚜두둑
굵은 눈물을 흘리고
나뭇가지들도 절레절레
속울음을 흔들어 털고
오늘은 내 울음을 울어주는
눈물바다구나
그간 지내 오면서
소리내어 크게
웃을 일도 흔치 않았듯
실은 터놓고
펑펑 울기인들 편했으랴
엄청나게 비 오는데
빗줄기에 빗대어
눈물 한껏 쏟아
묵은 설움 뱉어 볼까나.

산 오르막에

육로를 달려온 대형 버스를 탄 채
그것도 몇 대씩 한꺼번에
배 위에 실려 와 내린
섬 안의 산

구부정하게 외줄로 걸어도
때로 머리 끝이며 이마를 툭툭 치는
나뭇가지 키를 재는 오르막길
짐 하나 없이 떠났다 싶었는데
웬만한 시름 또한
짐 속에 꾸려 넣질 않았는데
머리 무게 종아리 무게
50kg도 못되는 내 몸집이 왜 이리 무겁더냐

덜 비웠나 보다

신경 줄 일부나 된 듯
일상의 통신을 잠시도 못 끊어
핸드폰에 충전한 배터리 여분까지
산행 중 써먹을 확률 없을
한도액 높은 카드들도 수중에서 놓지 못함이리

산 오르막에
걸음 한 발 가볍게 옮겨 줄 리 없는
그렇다고 떼어 던지지도 못할
시름 뭉테기일 거나.

산이라서

당신은 거기 있는 것으로
더 없이 충분하다
산, 산이라서

주고 받을 값을
셈하지 않아도
철마다 덤까지 얹혀
비밀스런 내 감동의 시렁은 그득하다

그저 산이라서 좋아한
내 연정을 알기 이전부터
운명으로 혼을 사로잡은 건 아닐지

산이라서
아무런 조건 없이도 줄지 않는
내 사랑심의 산소여.

산촌으로부터

소소한 병치레도
길게 가다 보니
입맛을 잃어
먹거리마다 시들해진
초 여름날
산촌으로부터 특송된
푸른 습기 가시지 않은
참두릅 개두릅 취나물 켜켜로
머우 잎도 한 움큼 들었네
식성 기억하여
현지에서도 넉넉치 않다는 산나물
함지박 넘치게 보내다니
정표만큼 고이 손질하여
드물게 하는 밥 더 바지
이보다 더한 별미가 있으랴
산촌으로부터 온
산뜻하고 씁쓰름한
향내 짙은 포만감이여.

소나기 지나고

구름의 무게가
땅바닥까지 갈앉으랴 싶더니
줄기찬 소나기 한 소끔 쏟고 간 뒤
가로수 잎 몽글몽글 더운 숨결 불어 올려
가까운 건물들 이마에 젖은 얼룩
금세 마른 수건질을 했네

한 번쯤은 제 모양새 반듯했을
담배 꽁초 몇 개비 사정없이
행길가 맨홀로 수장水葬 되는데
지나간 과거야말로 그저 한판 소나기이리

바지가랑이에 자잘한 흙물 튀긴 채
더 흠집 깊은 웅덩이 가슴이기도 한 채
인심 후하게 길을 트는
바람의 옆구리를 다그쳐 끼어나 본다.

슬픈 계절엔

아직까지 무얼 감추고
놓지 못할 자존심 있어
명치 끝이 아픈 슬픔이라도
밤송이마냥 가시를 세운 건
모르는 결에
속병을 키워 온 거예요
슬픈 계절엔
아예 터놓고 슬퍼해요
낙엽이 지다 못해
뭇 발길에 부서져
노을 비낀 허공을 맴도는
처절한 그림 속
실제 주인공으로
눈물은 많을수록 좋겠어요
옷깃 거칠게 뒤흔드는 바람에
심하게 휘청거려 모 걸음 치며
힐끗거리는 눈길 있다손 개의치 말아요
슬픈 계절엔
된통 슬퍼 버리는 게 나아요.

짧은 계절 내
겹겹의 눈부신 엽서였던 은행잎
마음 채 공허한 만추의 석양에
갈기갈기 잘게 찢겨져서
가슴에 담기조차 겨운
순금 빛 이파리로 흩날리는구나

혹 땅 끝 어디쯤
가슴 더운 이
열어 둔 문방文房에서
퍼즐 조각 꿰어 맞춰지듯
몇 줄의 단시로라도 부활할
모음 자음 낱낱의 활자이려나.

긴 통화

"엄마, 엄마, 어머니
90세 생신을 축하할 수 있다니!
고마워요"

"너무 오래 살아 두루 죄스럽구나
너 아프다며 왜 어미는 모르게 하니?
막내가 언뜻 지나는 말로 하더구나"

"괜스레 마음 쓰실까 봐요
'대상포진' 이라고 퍽 아프긴 한데
낫는다는 걸요 뭐"

"올 여름엔 오랜만에 참매미 소리도 듣고
너 가졌을 때 그리 기다려지던
빨간 수 딱따구리까지 뒤 밤나무에 다녀가기에
좋은 일 생기려나 했더니…

어미 죄가 많다
땅에 묻은 늄에게만 정신이 뺏겨
뱃속에 애 든 줄도 모르고
태아 적부터 허기 지운 탓일 게야"

"또 그러신다
낫는다잖아요
엄마나 부디 몸조심하세요"

"어미야 이제 눈감은들 어떠냐
다른 거 덜 쓰더라도 뭐 영양식으로
배가 좀 두둑하도록 해 먹고
약도 한 재 지어 몸 좀 보하렴 꼭."

"예, 예 응 그럴게요
수화기 든 팔 아프시죠
오늘은 그만 전화 끊어요"

"오냐 그래
네가 먼저 끊어라
어서 "

— 내 목소리 알아들으시고 대답해 주서서
정말 고맙습니다 —.

제5부 새 밭으로 일구어

새 밭으로 일구어

저마다에게 걸맞은 무게의
쟁기를 메고 들고
지순한 농심으로
새 밭을 일구러 나가세나

때로는 하늘에 산성비
대기에 오염
땅 속 깊은 데까지
멍든 빛 도는 가슴 비탄의 빛깔로
흠뻑 젖은 궂은날 없었으랴만

해마다 빛 부신 광채로
큰 새 날(日)의 해는 솟았으리!

선대로부터 싹 틔어 보듬던 꿈은
더 한층 공들여 물주고 거름 내고
삭풍에 골 패인 밭고랑까지
혼신으로 갈고 다지고
생성의 숨결 불어 넣어야 하리

꽃도 피우고 초목도 푸르게 하고

알알이 알곡 여물어야 할
새 밭으로 일구어
아름다운 우리들의 푯말을 깊숙이 꽂고
당차고 튼실한 꿈 포기 포기 심으러 나가세나.

해돋이 앞에

하늘로 머리 둔
모든 생명이여
시공을 온통 눈부심으로 밝히는
해돋이 앞에
희원希願의 가슴으로 서 보라.

어제의 어둔 그림자를 털고
이 아침
꿈으로 비행飛行할 항로며
만선의 출항에 나서는 울렁이는 뱃길

바람도 가르고
안개 수렁도 밀치고 내달을 육로
넓은 길, 곧은 길
잔금 많은 고샅 길, 둔덕 길
또는 몇 길 땅 아래의 지하로에도
새로운 걸음 내디딜 첫 지점에
빛살 퍼져 오느니.

열두 간지 돌고 돌아
지혜와 영험의 서기 어린

갑신甲申 해돋이 앞에
우리 서 보자.

도도한 인류 역사를
첨단의 과학을
찰진 사랑과 예술을 위하여
고뇌하는 이들이여
난장판에 발 적시기 일쑤였던
나랏일 하는 이들이여

질곡의 근로 현장
화염냄새에 숨통 막히기도 한 이들이여
때론 고성高聲에 신열 끓는 장터나 캠퍼스, 전장戰場
산골마을이며 갯벌, 고층 아파트
가파른 삶에서 실족하여 노숙하는
등 시린 이들 모두여!

새해 새날 신 새벽 해돋이 앞에
양기 빠진 땅조차 개토改土하는 열망으로
바른 금(線), 출발선을 긋고
나아갈 활기찬 거 보를 예비하자.

우리의 또 한 해를 살게 하는 것은
우람한 해돋이 앞에
고고한 첫 마음 희망을 여는 것 아니던가.

원미동 이곳은

더러는 낯익고
때론 새로 선 건물들 스쳐 지나며
차량의 행렬 따르다가도
나는 아직
어김없이 눈길 끌리고
순간 괜스레 방향등 켜고 진입하러 드는
원미동 이곳은
이 땅의 역사 속에 함께 했음의 반향이려니.

동네마다 나눔과 열정의
잦은 발걸음 집합하던 중심
그 공공의 장소

박수갈채 속에 땀의 위안을 얻기도 하고
문학의 대가 어른들 여러 시인님을 비롯하여
달관된 명사들의 호흡을 알아차리며
우리 부천 문화의 틀을 다지던 때부터
거대한 수레의 한 작은 톱니로 동참했기에
화인보다 진한 추억이 숨쉬는 곳!

긴 담장을 가운데로 둘레둘레

수더분한 이웃들 사는 모습이며
어깨 포갠 연인들 어우러진
거리여 골목골목이여

어느 한 때는
굴곡 많은 회오리 삶으로 하여
눈물 글썽거리며 오가던
원미동 이곳은

지금도 내게
자연스런 귀소감으로 스며들 만큼
의식 속에 선연한 정점이런가.

열 해, 스무 해
서른 해를 바라보는
아련하고도 생생한 내 시안에

오늘
뜻 모은 화합의 눈빛들 마주 빛내며
손에 손도 따스히 맞잡고
더 넓고 더 두터운 정 보듬어 안은

축일의 잔치상 넉넉한 여기,

원미동 이곳은

양양한 꿈들이
깃을 날리며 감돌아라!
트인 미래로 번지는
빛 밝은 서기 가득 찼어라!

축일祝日의 빛으로

하늘이 한층 환하게
지구를 감싸 안았네
먼 산 더 멀리로부터
동면冬眠의 고즈넉함에서 깨어나는
생동生動의 기색 싱그럽네
동토冬土의 어둔 시절을 옛 얘기로
은빛 수면水面 아래 침잠시키는 강물은
화색 도는 현재를 기꺼이 노래하네

미지의 꿈길
첫 발 내딛을 설레임에 뒤척인 숱한 나날
빛도 고운 꽃 물들이고
다듬고 빚어 형상을 이루기를
더런, 가슴 아린 밤들마저
이제사 혼신을 다한 하나의 이름짓기였던 것을.

보라
차마 소리내기에도 눈부시고 벅찬 이름
둘의 가슴에 따로 울렁인 날의
기도와 소망들을
온전한 하나로 일궈 낸 절실함

사랑, 사랑 아니던가

작정한 미래의 꿈길 가다 보면
때론 어지럼증에 혼미하여
향방이 얼비칠 수도 있으리란들
두 가슴에 충만하여 누리를 보듬을 만큼의 크나 큰
오늘 오로지 사랑의 부신 빛으로
가려 딛고 부추기는 걸음이라면
올곧은 꽃대로 일어서리

이적지 겉과 속 반듯함으로 채우시던
극진한 눈매에 헤아릴 길 없는 가슴너비의
양가 부모님 스승님
다름 아닌 빛 밝은 등불

앞 뒤 둘러서서
감축의 눈빛으로 박수하는
가족 친지 이웃, 어른 벗들 또한
더불어 단단한 징검다리요
되 비쳐 보는 명경明鏡이 되어
언제 어디이건 늘 우뚝하게 하리니

순백의 첫 마음
보무도 아름다이 꽃이랑 내딛는
그대 신부여 신랑이여

하늘엔 영광 땅에 평화 안에
온갖 축포 솟구치는 축일祝日의 가슴 빛으로
평생토록 영원토록
함께 밝히고 빛나실지어.

바탕

信

하늘 언저리
시공에 들지 않는 더 먼 데까지
태초 손에 닿지 않아도
밑 마음 속 깊이로 느꼈던
믿음

望

해돋이에서 일몰
이후 깊은 잠 뒤의 세계 이르도록
숨쉬어 생명하게 하는
천혜 중 으뜸인 값
소망

愛

공황의 박토
지천인 모순마저 녹여내고
뭉쳐서 우리가 되는

무한의 힘
사랑

믿음, 소망, 사랑

가슴, 가슴 불지펴
이제와 훗날
촉수 높은 빛이 될 부신 지표여!
우리의 바탕이여!

그리움이 있는 가슴이어야

봄빛이 완연하네
숯은 빌딩 사이의 볕이며
차량 메워 찬 도로의 폭 틈새에도
감도는 생동의 기운

지레 잊을라

문명의 혈관 얽힌 스산한 공중으로
잔잎마저 떨군 맨 몸통 드러내고
땅숨 지열로 체온 부지한 나목裸木의 고뇌를

저미고 시림의
암울한 동절冬節 냉한으로 응고될 듯한
자괴감 거듭 벗어
막막키만 했던 새로운 생성 찾은
온 나락에 부신 빛의 찬란함
생명의 빛난 환희

이제 짙게 인각된 가슴 속 연륜 따라
주변도 두루 살펴야 하리

강물이 바다에 이르도록
패인 곳에선 소용돌이, 낭떠러지엔 가속
강폭도 유연하게 속 깊은 강심江心을
소리 높낮이도 각각인 산새며 꽃이며
고루 품는 산의 성품을

그것 뿐이랴
역사의 거대한 조판 위
일깨워 자취 새길 지성의 사색

위로, 위로 끝없이 치닫고
앞으로 더 먼저 내닫는 삶
더러 천지가 먹구름의 파장일지라도

결 고운 진실, 사랑심 가려내어
소망이 가득 밝은 봄빛의 미래에
그리움, 그리움이 있는 가슴이어야 하리.

아주_{亞洲}, 아주인_人

하늘 우러르며
골 깊은 산자락 꿈 밭으로 삼고
보석보다 빛나는
꿈 빛 눈동자들
아주亞洲의 꽃불을 켰었네

눈부신 행진은
작은 한 점點으로도 역사를 쌓아
원소로부터
우주를 수놓는 별만큼
아세아의 주州마다 대찬 얼
조국의 중추 마디마디 핏줄
국혼國魂을 이루고

30성상 산맥을 이어
강줄기 흘러 모여
아주인 화합하는 뭍
부천 벌에도 꽃불 번졌네

덩치도 육중한 상商, 공工, 기업을 끄는
힘꾼, 놀이꾼

선배야 후배야, 산업의 역군들
길마다 길라잡이
튼실한 우리로 묶어
활활 태우며 솟구치네

힘 모은 우리는 또
하늘을 닮은 속내이기에
강건히 박동해야 할 여린 심장(백혈병 소아암 환자) 일깨우려
따스운 피 나누는 자리

과거를 뜨겁게 짊어졌던 것처럼
번뜩이는 화등火燈으로 현재를 밝힐
더 한층 빛 부신 미래를 마련하네

동방의 큰 한 자락
아주여, 아주인이여!
팔을 들고 발을 굴러
신명의 바람 일구자. 깃발을 드높이자

드넓은 지구촌 방방곡곡 큰 함성
눈을 들면 발산하는 부신 빛살로

찬연한 내일을 열자
무궁한 꿈의 세상으로 번져
영원을 밝히는 꽃불

아주, 아주! 亞州人이어라.

오래 전 새 經營 연수 소감

설레인 계성원 행
수줍은 신부의 가슴으로 머문 곳
하늘을 여백 삼아
수묵水墨이 정교한 한 폭의 그림 속
선線과 색色의 하모니가
태조산 턱에 섰어라

활짝 핀 보무步武로
연진문 들어서
이끼 낀 시간을 헹구며
명상 속엔 학의 자태
귀한 나래짓이여

등불 고인 작은 호수에
밤이 잠기고
꿈을 팔다 입은 상채길 감쌀
하얀 침방의 병아리 깃털 속에서
다시 태어나는 혼

새벽이 열리는 창가에
잔솔가지 실바람에 리듬을 타고

숲 속의 합창이네
부천의 형제, 진주의 가족…

맨손가락으로 생나무를 뚫는
집념의 생生이 응집된
생명 건 30여 년
은 백발 노부老父의 필생에
나도 정녕 작은 새끼의 정情

도돌이표 없는 연륜이 저려
뚝뚝 눈물 떨구며
완곡한 님의 바램에 되돌려 올리는
산울림의 기도

'한 걸음 앞서 가라'
이르신 면면히
폐부까지 퉁겨 오는
사랑의 가락

님이 지핀 불꽃
온 데를 퍼져 타는 심혼

나도
찬연한 불씨를 당기리.

제6부 그래도 사랑 뿐

그래도 사랑 뿐

눈에 보일까
손에 잡힐까
찾고 또 찾으며
밖으로 나돌다
안으로 숨어들다
쳇바퀴 돌고 돌며
댓돌 위에
신발 두어 켤레 늘렸는가

새털구름 하얗게 흘러
길기도 하다 싶던 강물은
바짝 턱밑에서
노을을 담고 울렁이는데
옹이도 제 살로 끌어안은 채
선 자리 꿈적 않는 나裸목은
푸른 날에 목매진 않으려나

다시 돌아간대도
더 많이
두려워 허둥대다
아마 더 저민 후회를 짓게 되리

그래도 할 만하고
잘 한 번 해보랴 절절한
그래도 사랑
사랑 뿐이려니.

낮 꿈, 포옹

키 작은 사철나무
바람막이가 있는 툇마루
성근 왕골자리에
메밀껍질 도톰히 넣어
빳빳이 풀먹여 사늘한 무명 베갯잇
둥근 베개 굴려 베고 누웠을 때

이맛전을 구르며 코 끝으로 날려 가던
난데없이 예전의 새큼한 바람 맛
그 달콤한 내 사람과의 포옹이
나무 그늘 밑 차 안에서 꾼 낮 꿈이었네

왼쪽 앞문과 우측 뒷문을
손가락 두 마디 정도씩 열고
잠시 무념 무상의 휴식을 취하다
소르르 오수에 잠겨 들었던가

몽롱하게 졸다 깨다
꼭 서로의 몸 동작을 쓸 듯이
손 끝도 입술도 보드라운데
여전히 툇마루에서 배만 걸쳤던

살풋한 두께로 감싸는 부피감

그 게
자글자글한 햇살과 바람 맛 버무려
낮 꿈, 포옹
부추겨 놓고 시샘도 했던 건가 보네.

때론 애원을

머리 속 갈래 많은
여인아
혼자 돌아서
눈물의 길 걷지 말고
어깨 잡아 달라
구원의 몸짓 하려무나
네 허울을 벗을 때
옷깃 펄럭이던 바람도
길을 열어
그리움은 향기로 오고
눈물 걷힌 달빛에
머리카락 반짝이게 되려니.

돌아서서

후벼 파 낸다

사정 두지 않는
자책의 난도질을 해대고
출혈하는 밑 살까지
짓눌러 짜면
비명도 생가닥
안으로 찢겨 든다

해도
회한만이 쓰라리다.

만나고 헤어지고

만남을
배워 익힌 것이
아니었듯이

헤어짐을 위한
가르침인들
어디에도 없었다

마음 안에 두고
뼈 시리게
애틋함이라면

얼마나 한
저미는 아픔이라야
내 안에서 보냈다 선언할 거나.

잊어야

둘이 새긴
속살 저린 이야길
암실의 필름으로 가두어 닫아두고
때없이 혼자 들(ㅅ)어
눈물 그렁그렁 인 되새김질의 세월마저
이젠 잊어야 하리
햇빛 속에 쫙 노출시켜
희미한 윤곽까지
고스란히 지워낼 용단,
그렇다
돌이킬 수 없음은
하얗도록 잊고서야 치유될
만성 속 앓음 아니던가.

멀어져 간

시끌시끌하던 시절의 한파에 쓸려 나간
내 여인인 화실畵室
생각날 때마다
덜 아문 딱정이 긁혀
피울음 낭자하다

계절을 감아서라도
화구畵具 가득 채운 내 여인으로
도로 일구리라
숨가쁜 자맥질만 질탕하였을 뿐
가슴 없는 갈퀴 손에 낚아채어 가도록
지켜내지 못한 내 살점 그 공간에
열화 많은 발자국 저벅대고 있을까

누르고 눌러도 어느 틈에 열리는 분화구
송글송글 진물 솟아나는 깊은 환부
퍽도 아린 긴 병 되아파 오고
아직 벽걸이 하나 못 걸 빈 바람벽에
내 헛손질, 붓질만 느는구나.

미련

나보다 나를
안타깝도록 좋아 놓지 못하는
너를
난들
사무치게 그리지 않겠느냐
내 영과 육을
속속들이 다 보인 단 한 사람
너이기에
잠시의 네 부재에도
뻥 뚫려 헐걱거리는 껍질뿐인
외따로 선 고사목.

비 오는 날의 짧은 여행

막바지 잎 떨구는 가로수를
뒤로 제치며 내달으니
갈무리 끝낸 허허로운 논바닥에
깔려 있는 볏짚마저
내리는 비에 질펀하네

맑은 날 이 시간이면
눈부셨을 들녘의 억새 떼도
갈피 없이 휘저어 쏠리고

바다 중간으로 뚫린 바닷길
밀물 때인가 곧 치닿을 듯
만조인 바닷물은
쏟아지는 비를 받아 안으면서
보기엔 티도 없이 평정한가

전방, 좌, 우 어딜 보나 짙은 물안개로
지평선 수평선 따로 없는 둥근 시공
차창까지 습기로 흐려 어리는데
다만 작은 배들만 어느 때보다 총총
항해 멈춘 대형 정물화네

걱정 많은 어부의 손에 정박된 쉴 참이리

우리도 그다지 바쁠 것 없는 속력에
듬성듬성 말 수 늘리지 않아도 운치 공감함은
함께 떠나봄이 목말랐음이리

체기 내릴 추일秋日의 빗속 잠행을 만끽하며
살찐 추억 하나 보태면
한동안 가슴엔 말간 물끼
새 순이라도 돋우겠네.

사랑 하나 키우고 싶다

활활 타오르지 않는다고
가슴 식은 건 아니다

발그레 수줍음이 아니어도
부끄럼 잊은 건 아니다

눈 비 내림에 무덤덤한다 해서
속 떨림 모르는 건
더 더욱 아니다

지난 날의 추억을 먹고 살기엔
끝간 데를 모를
눈길 마음길 잡아둘 수 없어

제대로 오뚝한
사랑 하나 키우고 싶다.

어린애 된다더니

하루에도 몇 삼태기씩
쓸어 모은
마른 손바닥
별리의 잔상들
그 검불마다 있었을
고웁던 봄날이
눈물 자아내는가

신방新房 문 여닫이며
객실 등 불켜기도 못했던
뉘 알까 혼자 볼 붉힌
신행新行이거나

가히 생사의 갈림길을
초抄 단위로 넘나들던
산고産苦의 순간부터 이어온 날들
맞바꿀 기쁨도 없으련만
돌아보면 어째 눈물인가

어른 될수록
어린애 된다더니

털끝 만한 따스움에도 시림에도
찡찡거려 눈물 먼저 보이는
이 멀쩡한 내 유아적인 행실이라니.

김철기 시집

실타래촌

·

지은이 / 김철기
펴낸이 / 김재엽
펴낸곳 / **한누리미디어**

·

100-845, 서울시 중구 을지로 2가 148-73
신화빌딩 401호
전화 / (02)2278-4513, 2268-4514
Fax / (02)2268-4524

·

등록 / 제16-467호(1993. 11. 4)

·

초판발행일 / 2004년 12월 8일

·

ⓒ 2004 김철기 Printed in KOREA

·

값 6,000원

·

E-mail/hannury2003@hanmail.net

·

※잘못된 책은 바꿔드립니다.
※저자와의 협약으로 인지는 생략합니다.
※이책은 경기도 문화예술진흥지원금에서 제작비 일부를 지원 받았습니다.

·

ISBN 89-7969-256-0 03810